KB151980

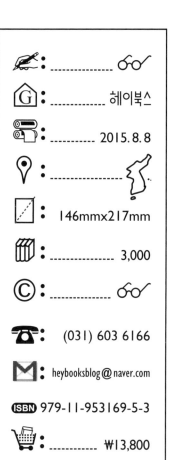

✎ : ------------- 👓

Ⓖ : ------------ 헤이북스

▤ : ---------- 2015.8.8

📍 : ------------------

▱ : 146mmx217mm

▤ : -------------- 3,000

Ⓒ : ------------- 👓

☎ : (031) 603 6166

M : heybooksblog@naver.com

ⓘⓢⓑⓝ 979-11-953169-5-3

🛒 : ----------- ₩13,800

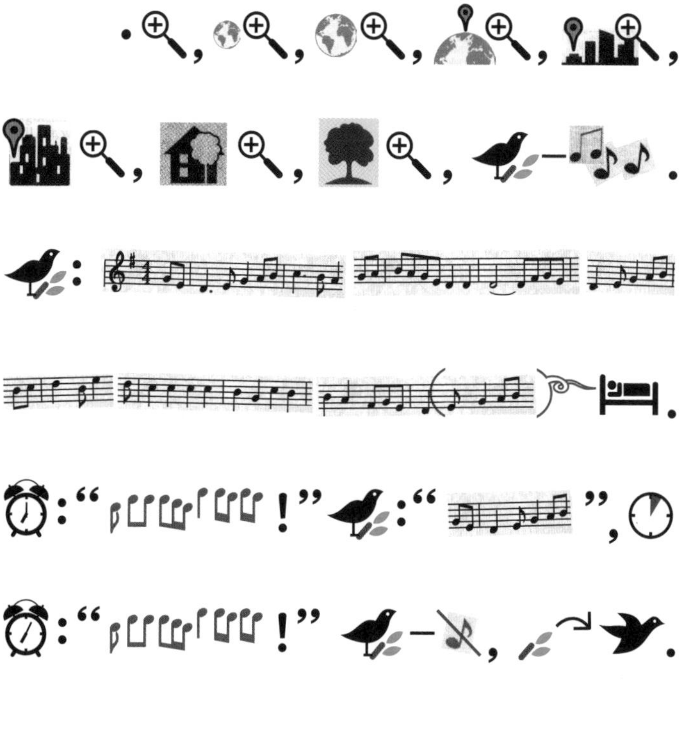

⏰:" ♪♪♪♪♪!!" 👂! 😑 → 👁!

👉 🔕, ◉⋯🌧, ☹ 👁 → 😑.

🐈 📺, 🐾⤴ 🛏. 😳! ☹,

🛏, 🐈→.

🛏 → 🚶▶▶🚽. 🚽😖 ......

😖😣😖😫...😳💩, 🚷, 🚺°°🌀🧠?)

🚺, 👁⋯📱–(🐦 g+ 📶 f) 😊...😳!

💩↓😓 💩↓↓,👾😀,🧻,◉⋯💩,🔫.

🚿, 💇, 🧴+🪒, 🥛⤴💳. 🚽▶▶🚶.

🚶▶▶🚪–(+👙+👕+👖+🧥+

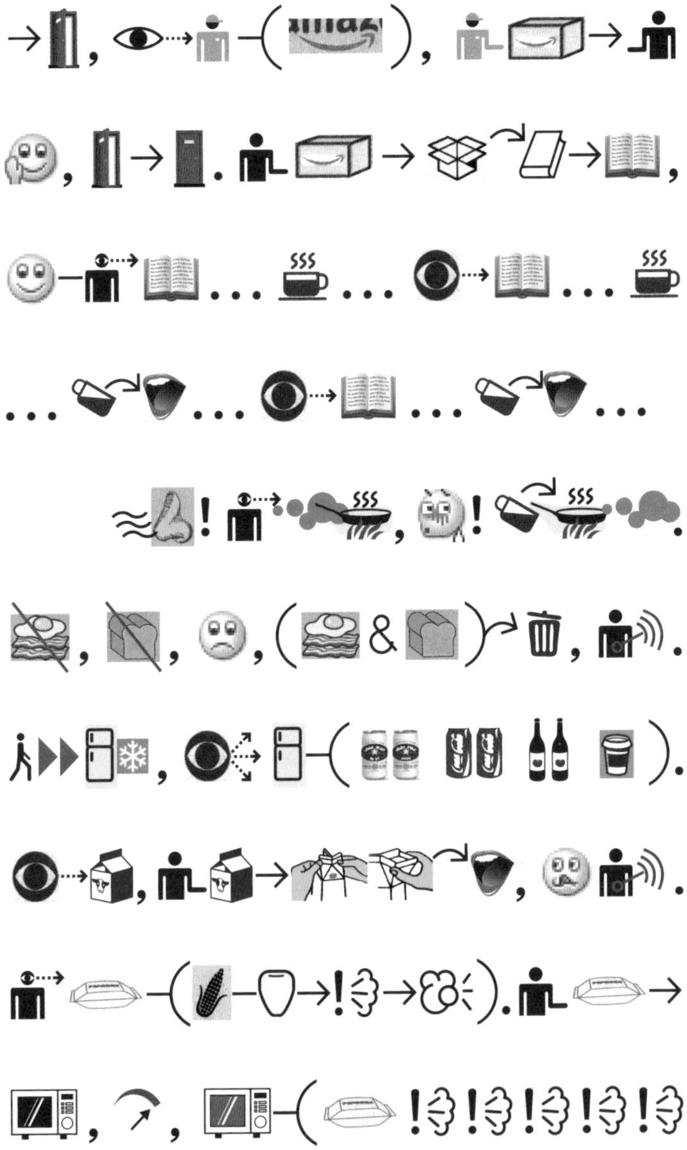

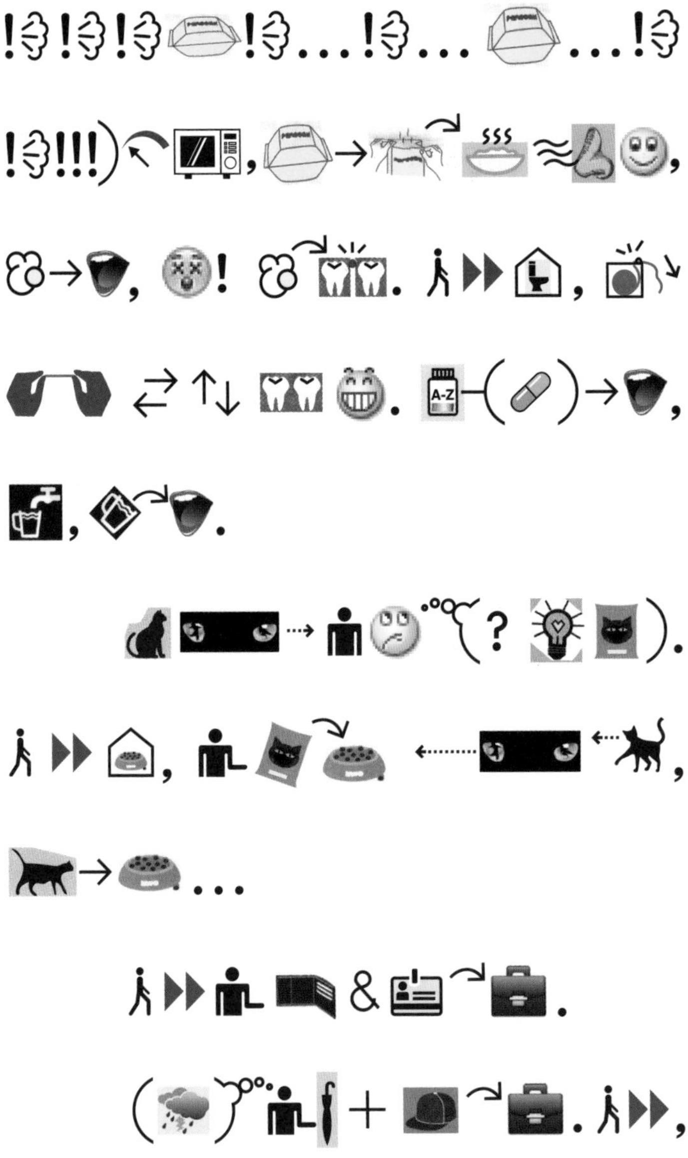

⬡ ! (🗝 → ? ⸮👁 👁💨 , ◉ ⋯ 🗝 ! ⇥ 🚶 .

🧍 ⇢ 🗝 🔑, 🔓 → 🔒 .

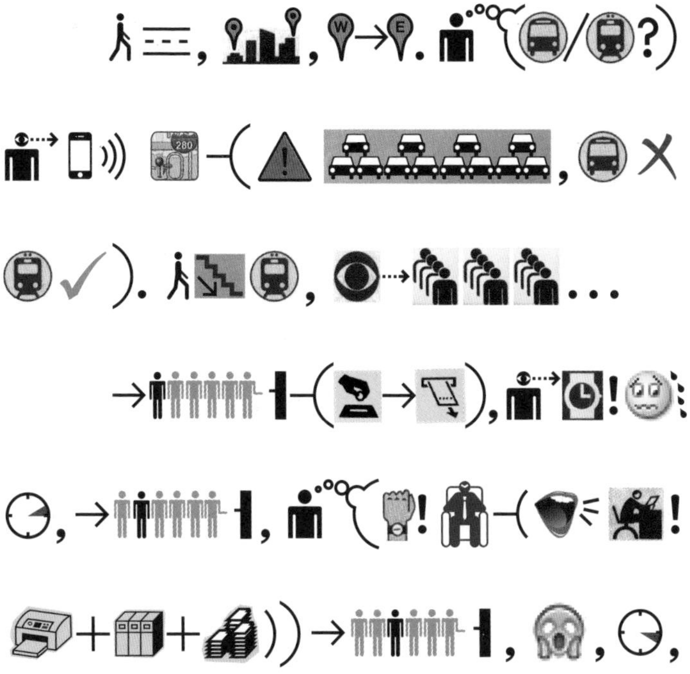

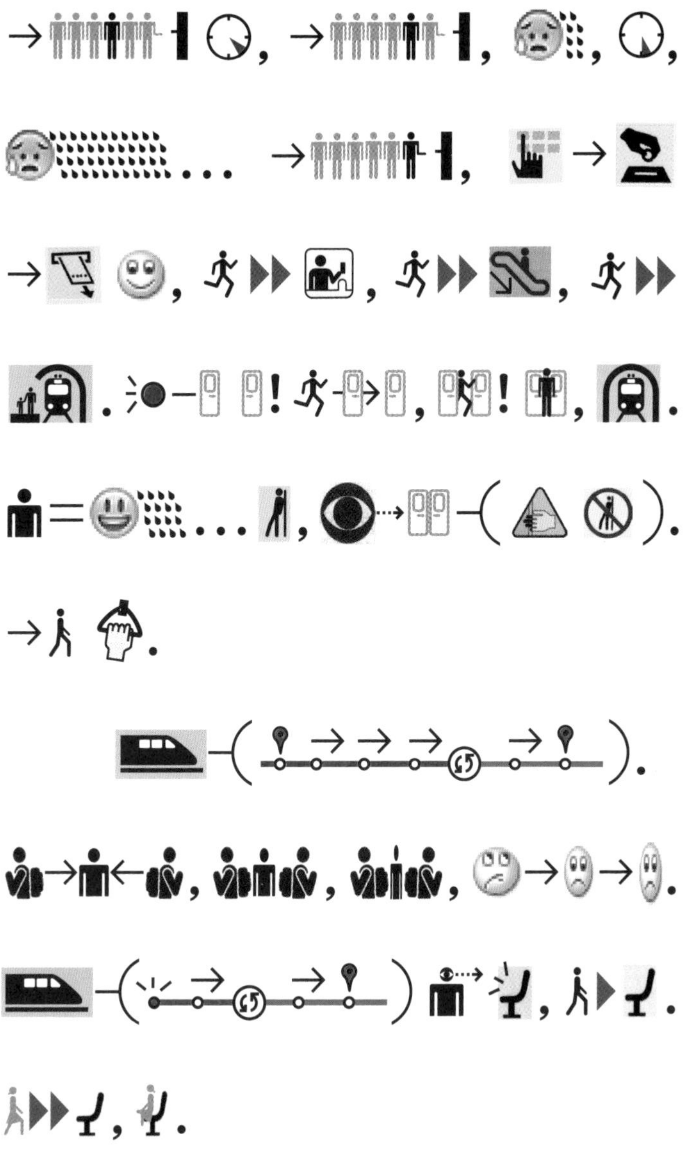

🏃→🛗. 👆⬆️↙. 🕐 👆⬆️↙, 🛗↙.

🚶🚶🚶🚶→🛗, 👆↙—(*89F*,❎), 🛗↑.

2F🛑↙. 😠—🚹⌒(*2F* 🚶‍♂️🚫,👎),↑*3F*

↑*4F*🛑↙😨 ↑*5F*🛑↙😟...🛑↙😦...

🛑↙😡...🛑↙😡...🛑↙😱...🛑↙

😠*87F*🛑↙, 🧍→🛗, 🛗—●↙!●↙!●↙!

👆❎↙ 👆❎↙! 🔊: " 🛗—(🧍×*10*)!

(🧍>*10*)—🛗🚶‍♂️↗!" 😰—🚹⌒(💨🛗💨).

◉⋯🧍, 🚹⌒(🧍=🧍🧍🧍, 🧍≥🗼!), 🙄.

👉🏻🧍—(🛗➡️), 🧍:"🚫➡️!" 🚹=😥!

🕐! 🛗➡ 🏃→🏃↘🏃▨, ↩, ▨🏃, 88F,🏃▨, ↩, ▨🏃, 89F!🏃→🚪

🏃↘🏃→🏃⤳, 😵💦, 🔫, 🏃→🏃⤳🏃, 📟→📱→🚪→🏃→. 🏃 " ✋! 🖐!" 🙋

🏃⤳🏃→🚪→🪑→🧑. 🕐, 😵💦. ✌!

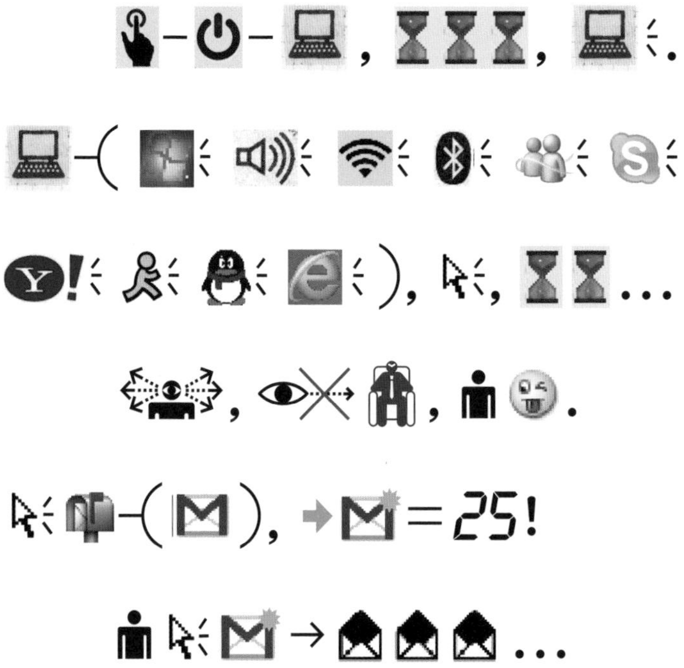

25!

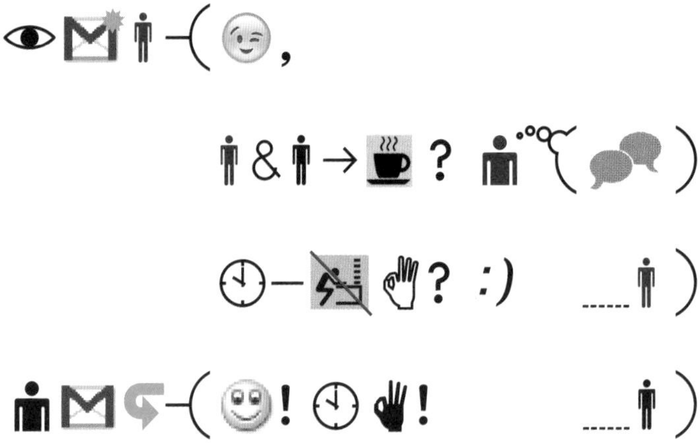

>>>>>>>>>>>>>>>>>>>>>>>>>>

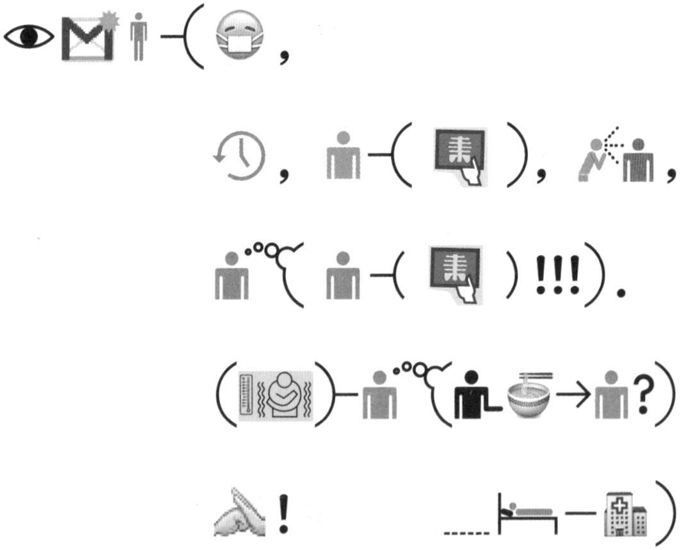

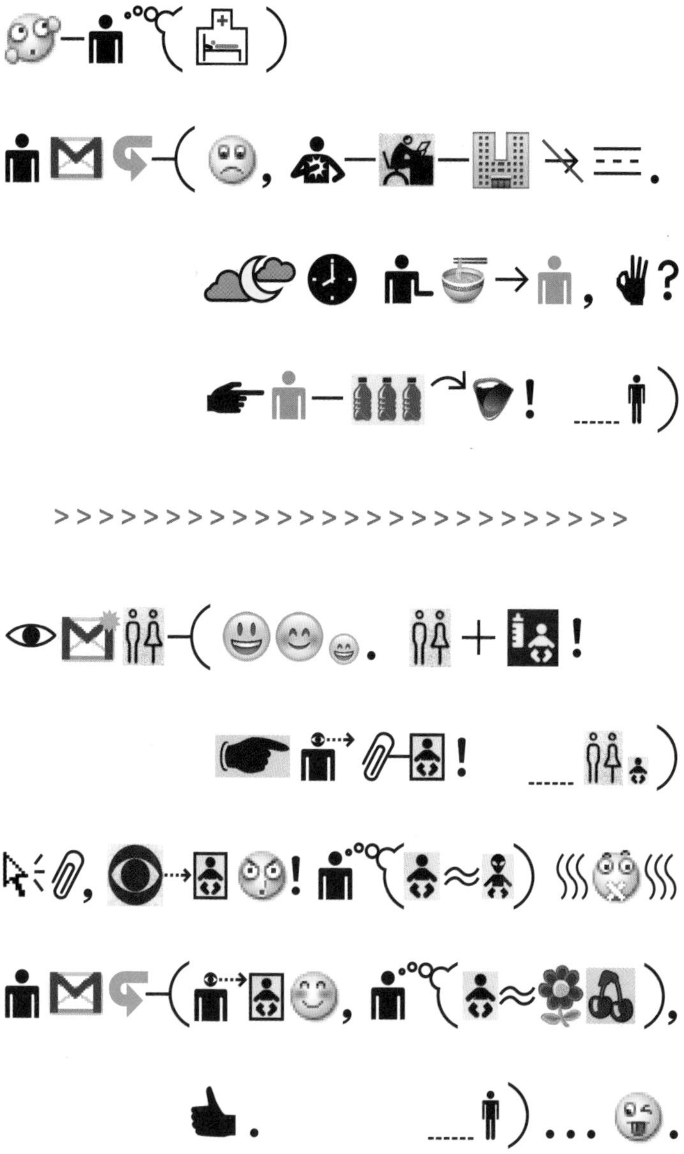

\>>>>>>>>>>>>>>>>>>>>>>>>>>

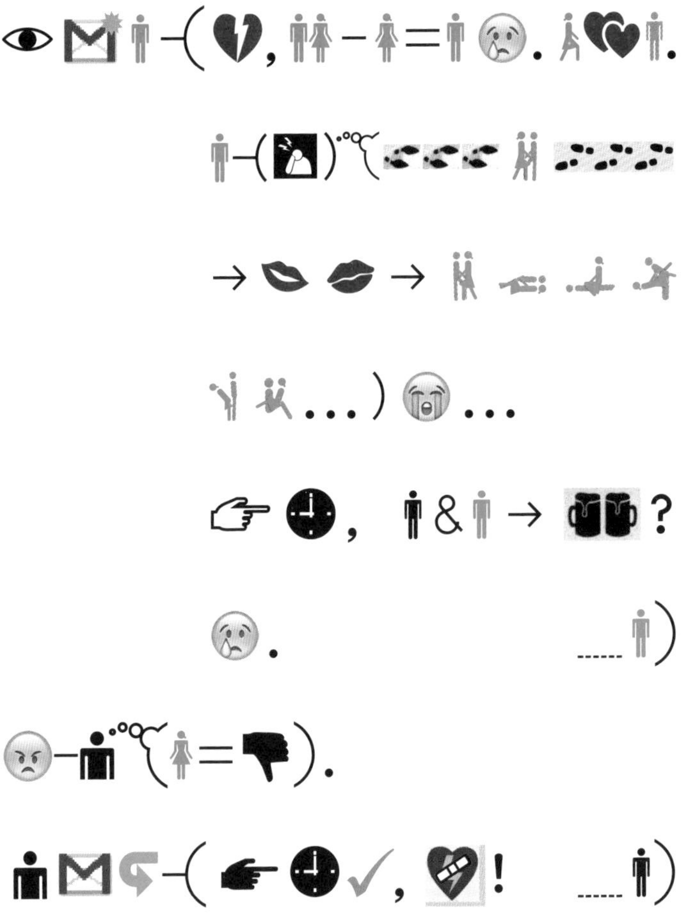

\>>>>>>>>>>>>>>>>>>>>>>>>>>

👁 ✉ 👫 —(🖼, 👨 + 👩 → 🖼 ⭕ !

📅24h, 🚶 → ⛪, 🖤🖤. _____ 👫)

🖱 📅 —(⛪ 📅24h ✓).

🧍 ⌒ 🧎 👩 ⌒ 💳 —(💎), 😔 → 🙂))

🧍 ⌒ 🧎 👩 ⌒ 🔑 —(BMW), 😊 → 😄))

🧍 ⌒ 🧎 👩 ⌒ 🔑 —(🏠), 😄 → 😍))

> >

👁 ✉ 🧍 —(🎉 🎈 👑, 🧍 — 🎂 !!!

🕯 ×30, \^o^/   _____ 🧍)

🧍 ⌒ 🧍 🎁 → 🧍, 🎁 = ?)

>>>>>>>>>>>>>>>>>>>>>>>>>>>

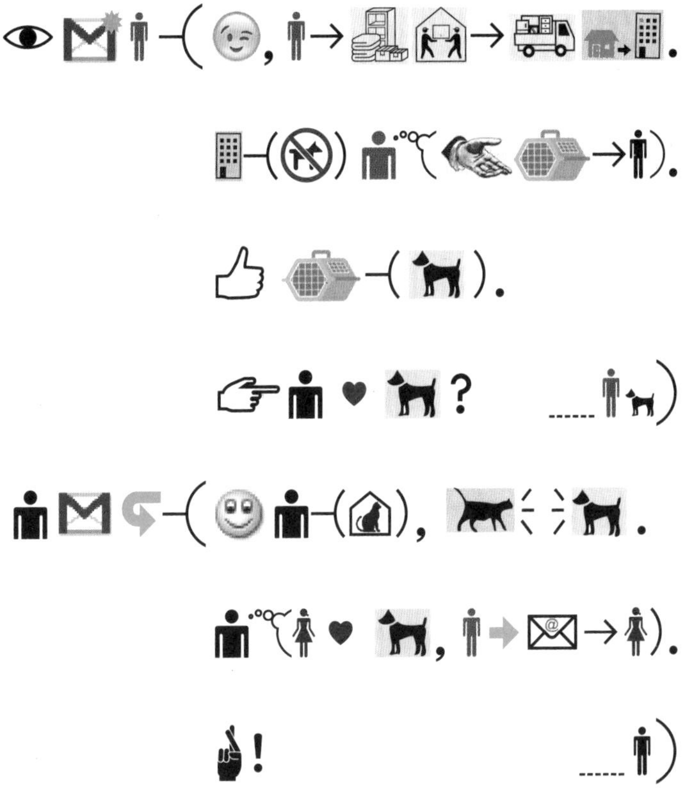

>>>>>>>>>>>>>>>>>>>>>>>>>>>

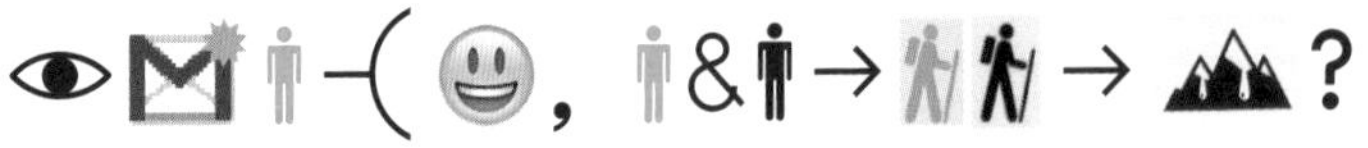

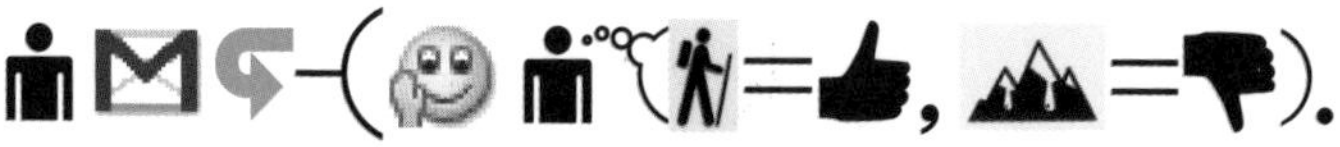

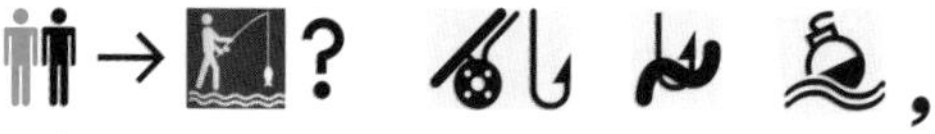

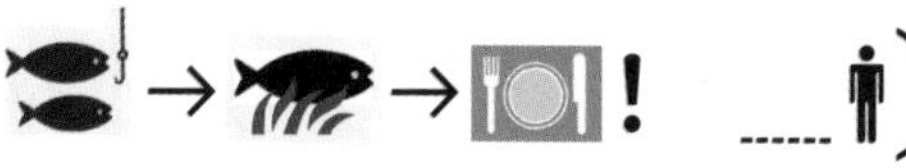

>>>>>>>>>>>>>>>>>>>>>>>>>>>

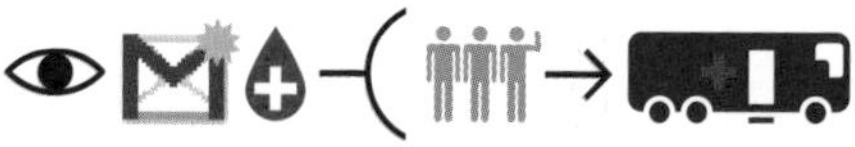

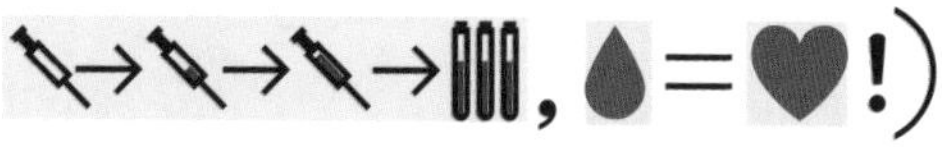

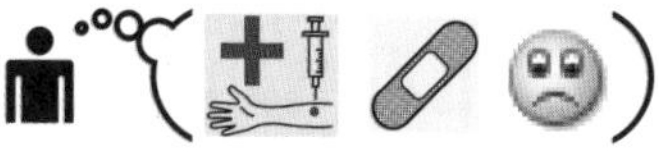

>>>>>>>>>>>>>>>>>>>>>>>>>>>

👁✉🛒 – (📖 , -30% ! ↗ → 🛒)

😒 ↖ ✉ ⤵ 🗑 .

> >

🕐 , 🧍 🌐📶). ↖ CNN.com

🏢 👁⋯ CNN🌐 :

📍🌐 ▲ → 🌋 ! ☠ × 30

🏭♨ × 100+   🙁

📍🌐 🌲 ! ⚡ ! ☠ × 2000   😈

📍🌐 🌊 ! 🚣 ! ☠ ≈ 200

📍🌐 🗾 🌀 🏠 → ☢ 😷 ! ! ! 😨

28

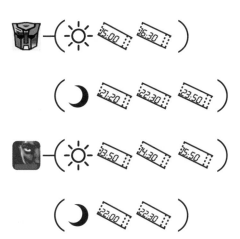

🕐

🚹⋯→🕐 , 📉 , 🙂 . 👈 ⏻ – 🖥️ .

🚶⬇️🚶 → ☕STARBUCKS , 🚹⋯→🧍 , 🙋🖐️🤚🧍 .

🧍💬🧍 : "  … "

😔 🙁 .

🧍😋 : " ☕ & 🥐 ."

🧍😏 : " 🍵 & 🍎 ."

32

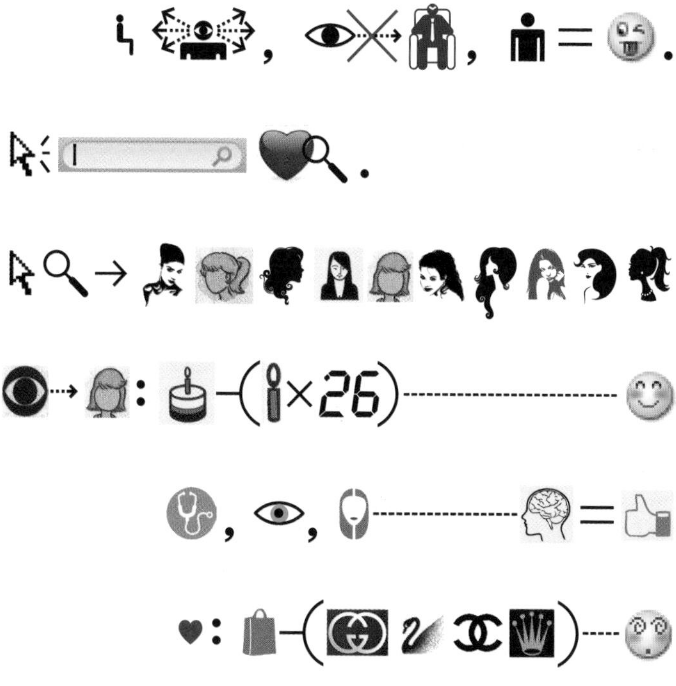
26

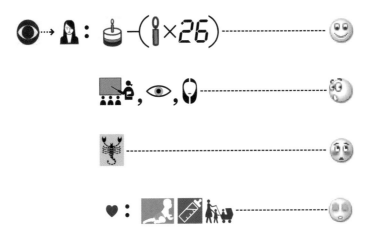

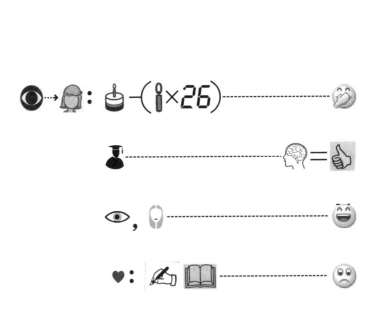

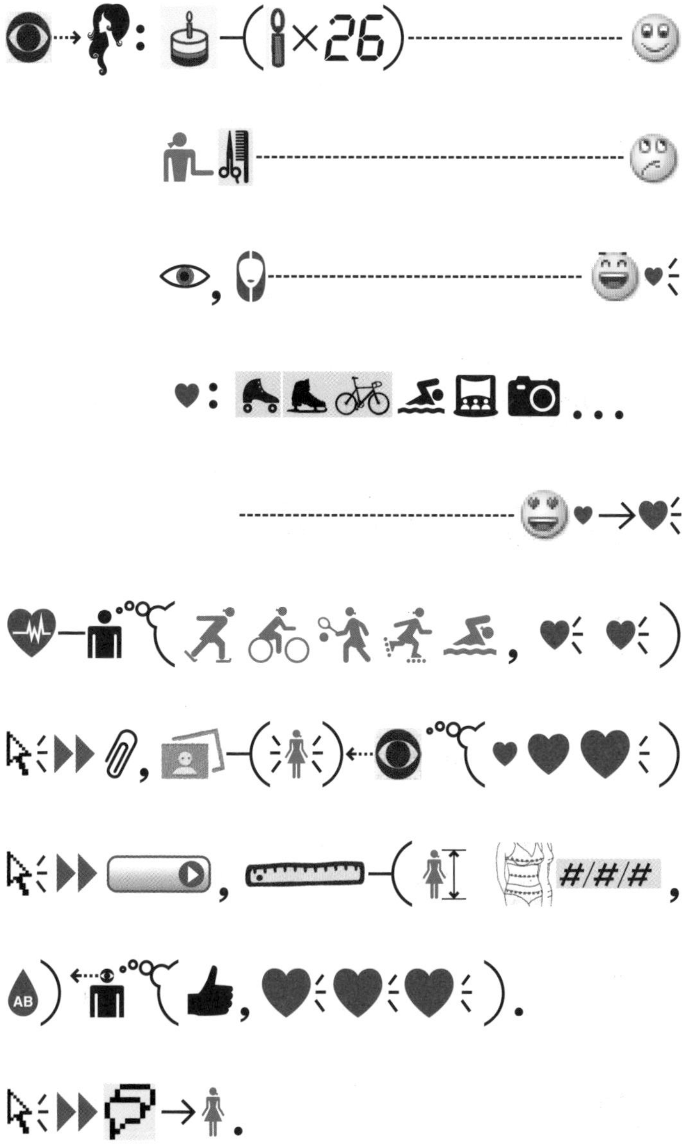
×26
#/#/#
AB

🧍💬："😁！"

🧍‍♀️💬："🙂☞🧍？"

🧍💬："🥷—(💉×28, 🅰, 🧍↕, ⚖)"

(🚶‍♂️💼🏭🤖)°🧍💬："🥷＝🕴🤖！"

(💼🚗🤖)°🧍💬："💰＝$$$$！"

🧍💬："🏃‍♂️⋯→🧍‍♀️—(♥：⛸🚴🏊),

♥🐟？"

🧍‍♀️💬："😧, 🐟？🧍‍♀️🚫🐟！"

🧍💬："🧍♥♥♥🎣＋⛺🔥🐟."

🧍‍♀️💬："🪱←⋯🧍°😋), 🧍‍♀️♥🍴🐟, 🍣."

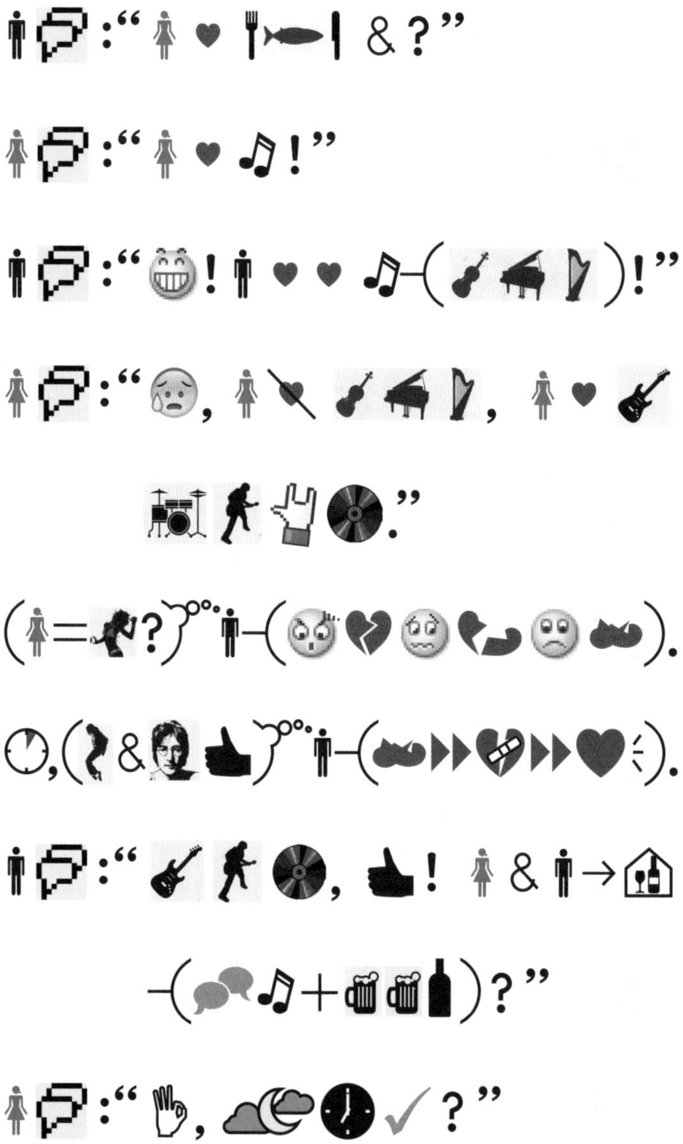

(☺)—🧍💬:"🕐👍! 🧍📱#→🧍✋?"

🧍💬:"✋."

(🙊)—🧍💬:"🧍📱# 123-456-7890

🧍☎# 7654321…"

🧍💬:"🧍📱# 098-765-4321."

🧍💬:"🧍🏃# 89429 & 🧍👥#…"

🧍💬:"☺, ☺."

🧍💬:"😁😁😁, 🧍📱→📱!"

🧍💬:"☺, ✋."

🧍💬:"😁,🤟!"

🕐

🚹 ⌒(🕐=🍽) 😊, 🚹☎→🚹.

🚹: "😃! ↳🍽↴?"

🚹: "💨💨💨😖🌧, 💨→🚶."

🚹⤵. 🚹☎→🚶.

🚹: "↳🍽↴?"

🚹: "😊👌, → 🍕? 🍗? Ⓜ?

🍜? 🍣? 🥩? …"

👥 : " 👥⚲(Ⓜ, 🍜)"

👤 : " Ⓜ ✓, 🕐 → 🛗?"

👥 : " 👌 " ☎.

🕐, 👥–🛗⬆⬇, ➡🚶, ═ ⤳ 🏠.

👥⋯➤ 👤⋯➤ 📖—(🍔, 🍔, 🍔+🐄, 🐓,

🐟, 🍗, 🧀.

🥤, 🥤, 🥤.

🍟, 🍟, 🍟.

🥤, 🥤, 🥤, 🥤.)

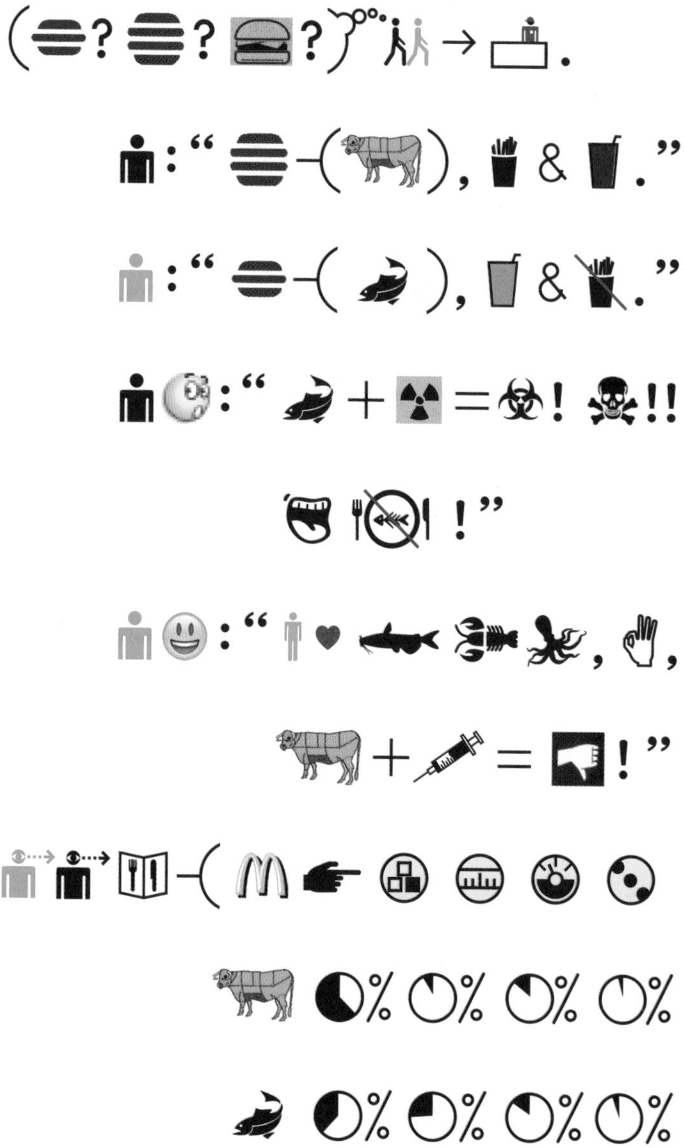

🐓 ◑% ◕% ◔% ◔%

🥬 ◔% ◕% ◔% ◕%

🥤 ◑% ◕% ◔% ◔%）

🧍 : " 🥬 = 👣 ! " 🧍 🥴 …

🧍 : " 🍔 –（🐄）, 🥬 ✓ . "

🧍 : " 👌 ? 🍔 –（🥬）+ 🍟 & 🥤 =

$$, 🍔 –（🐟）+ 🥤 = $. "

🧍 🧍 $$$ → 🧍 , 🧍 –（🍔 🍔 🍟 🥤

🥤）→ 🧍 🧍 .

🚶 🚶 → ⊤ , ↳ 💬 ↳ , ↳ 🍽️ ↳ … …

44

…

¿ : " ? "

¿ : " ! , ♥ & ! "

¿ : " , ♥ !

♥ —(& …). "

¿ : " ♥ —( ). "

¿ ……

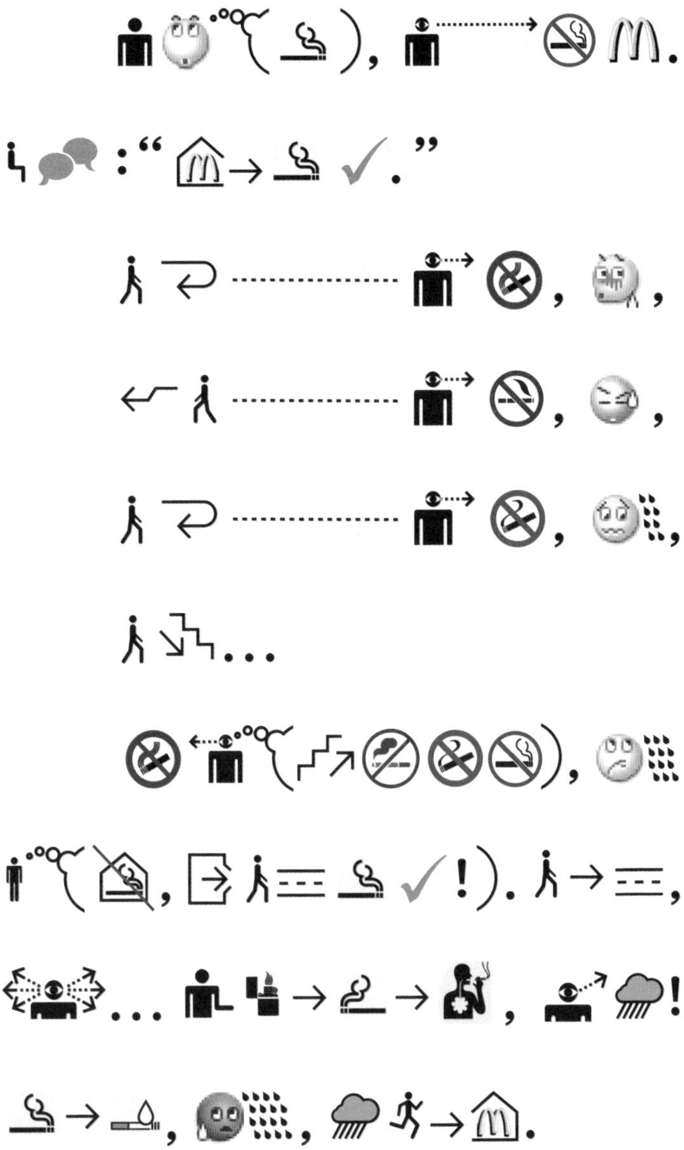

ᶩ💬:" 🧍➡️🚭... 🚶→☰☁️🌧️..."

ᶩ💬:" 😄🫁..."

ᶩ💬ᶩ......

←🚶🚶→, (🎁🎁🎯🚶↩.

🌧️→🌤️→☀️.

🚶═══, 🧍💭〜🧍🎁→🧍─(🎂×**30**)

&🧍🎁→👫─(💒). 🎁🎁=**?**)

🏠←💭🧍〜(**$$$$$**) 😌, 🏠✗.

🚶... ⚫→🏠, 😊💭〜👍📕=🎁).

🚶→🏠, 📚⇄🧍⇄📚, 🧍→📖─(🔱→

🎐, ❤)🤕, 🧍→📚─(🕵, 🔫💥,

49

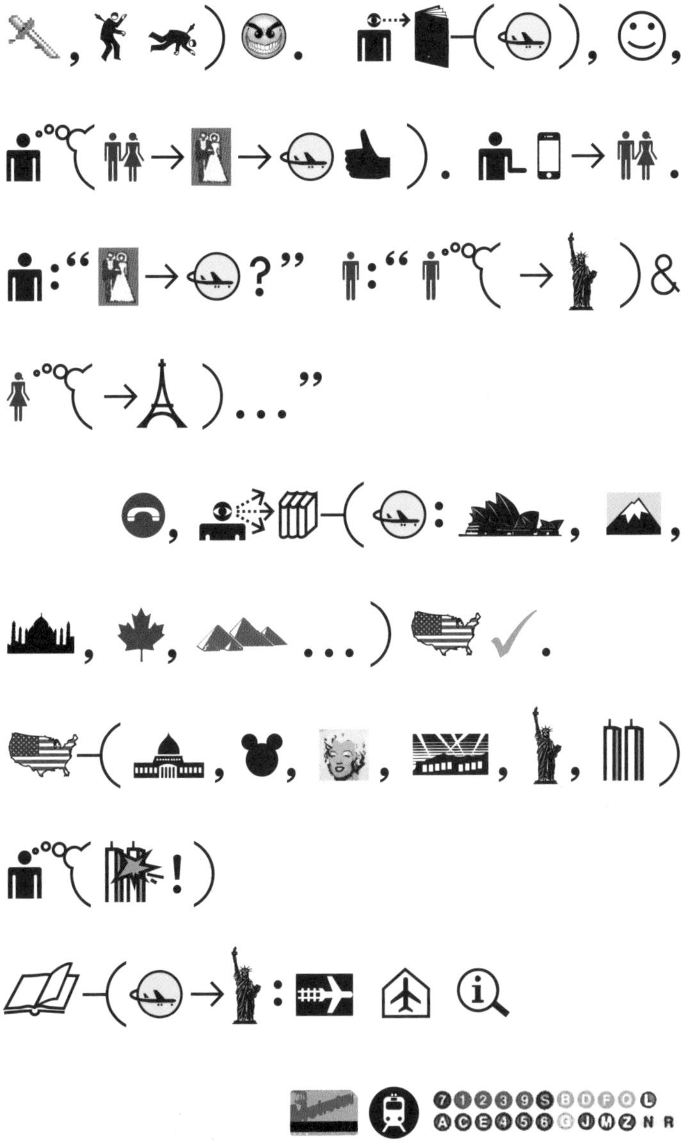

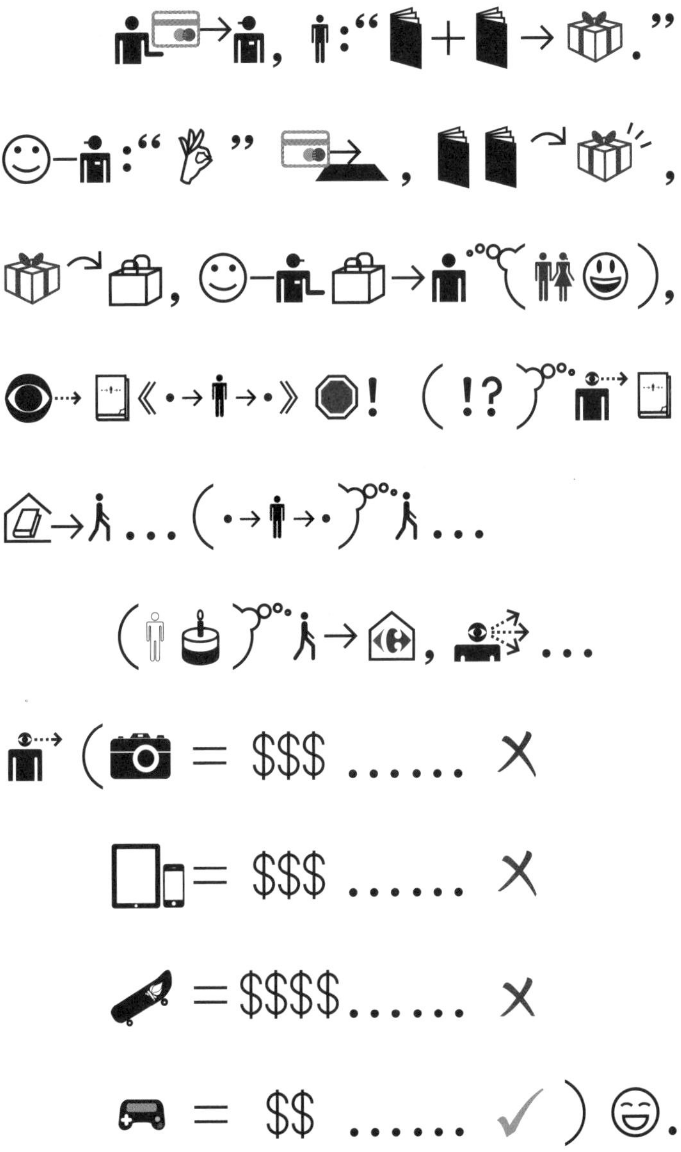

UPS DHL FedEx TNT

1F↑ 2F↑ ... 89F

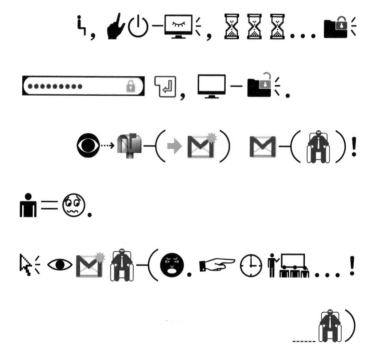

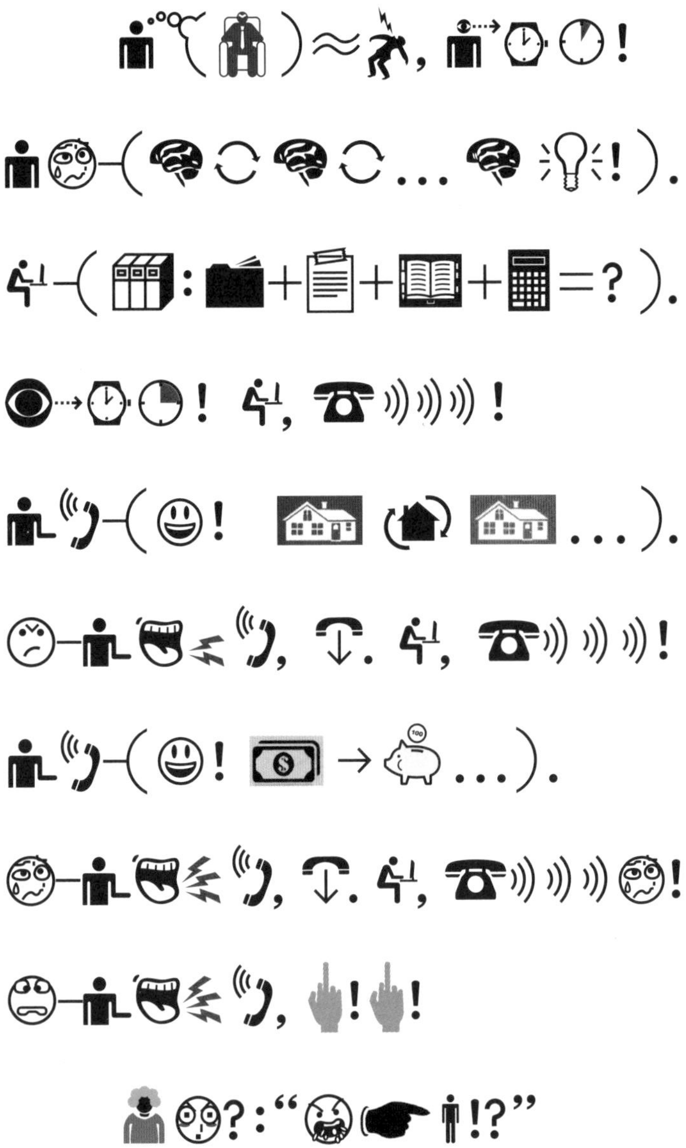

🧍🤮💦, 📞〰〰: " 👎 = 🔨↗🧍,

🐛🧍 = ⏎!"

👵: " ⏎ ⏎ ⏎! 👉🧍 = 💀?"

🧍: " 🧍≠💀, ⏎ = 💵 = 🍚"

👵: " 🔍❤️? 🧍 = 🕯×30 ≈ 🚶‍♂️!

👉🔍⋯→🚺!"

😰 − 🧍👂🚺 ≠ 🍚). 🕐!

👵: " 👉👂!?"

🧍: " …👂!👂! 🧍 = 🕯×28."

👵: " 28! $28 \approx 30$…"

🧍:" 🖐️! 🖐️! 🏃→ 🔍🧍‍♀️! "

🧑‍🦱:" 😊, 👉🍴🧍🔪 ? "

🧍:" 🍽️ ✔️! 🧍▶▶🪑! " 🌓!

🧑‍🦱:" 👉🛏️ ✔️ ?... "

🧍:" ✔️✔️✔️! 🧍 = ✔️ !!!

🧍😵▶▶🪑 ! " 🌓!

🧑‍🦱:" 👌, →🪑. ❤️→🧍! "

🧍:" ❤️→🧑‍🦱! "

🧑‍🦱:" 🖐️! 🖐️!... " 😰-🧍📞⬇️.

🪑😵🌧️🕐, 🪑😵🌧️🌧️🕐...

🪑... 📁 ✓ 🕐, 🚶‍♂️🤧...

(🖥️ 💭 🪑 🖱️ ⏩ 💾 ⌛⌛⌛ ✓,

📁 → 💾 😵 💭 (⌛⌛⌛), ◉⟶⌚🕐!

⌛ ✓.

💾 + 🚶 🪜↗.

61

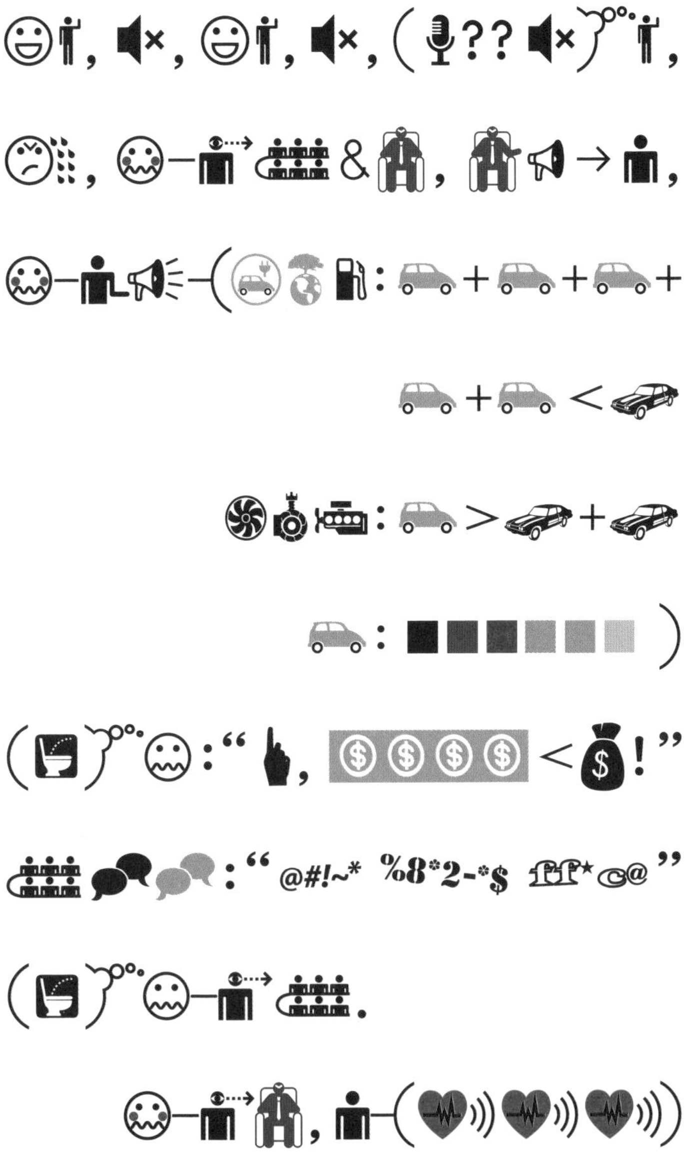

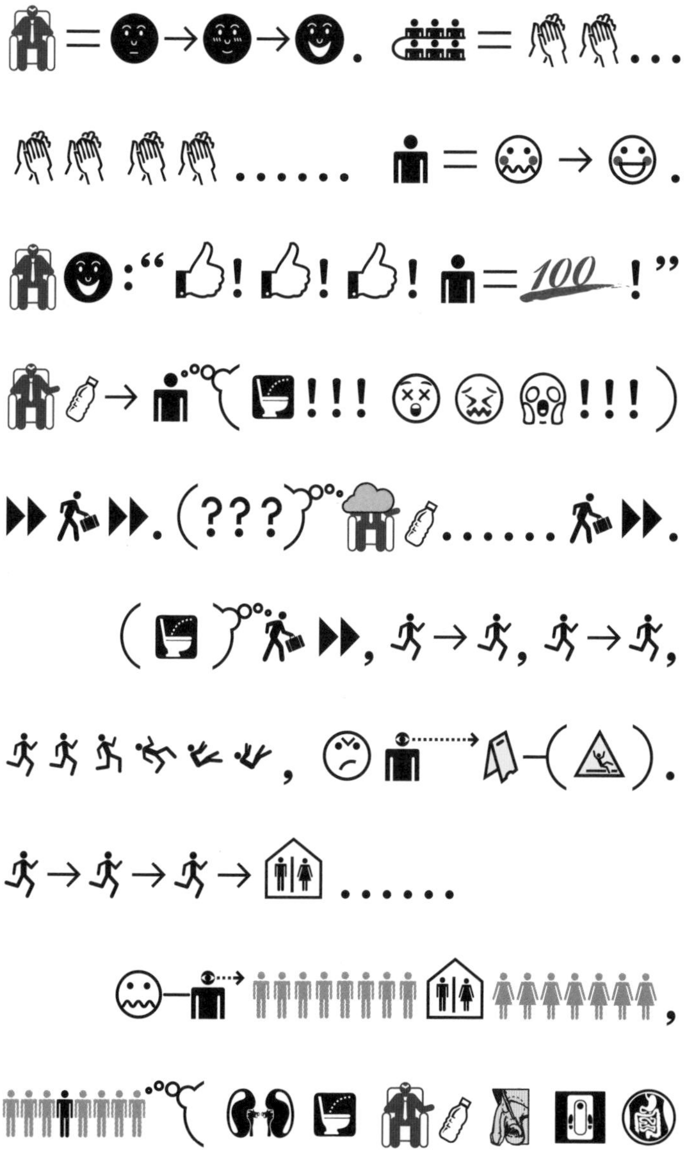

💩 😷 🩼 🔊👤👤👤👤👤👤👤👤 → 🚶 → 🚻 ,

☺ — 🛗⋯→ 🚶 → 🚻 🕐 🕑 🕒 , 😰 🔊 (🏠💩)

🛗⋯→ 🚶 ← 🚻 , 😵 — 🏃 ▶▶ 🚻 , ⚫⋯→ 👃 ,

🚶⋯👃 ... 😲 .

🕐

(🙌 🙌 👏 ⌐°°ᵢ 🚶 ↴ .

🚶 👉 📱 — 🐦 f 👥 : 🙋 💻 → 🛋️🛋️🛋️,

🦸 *100* !

🙍 🐦 🙍 : 👍 ! 🍾 !

🙍 f 🙍 : 😃 😃 !

🙎 👥 🙍 : 👍 ! 🍻 , 💋 !

#098-765-4321.

🚺: " 👌, 😀."

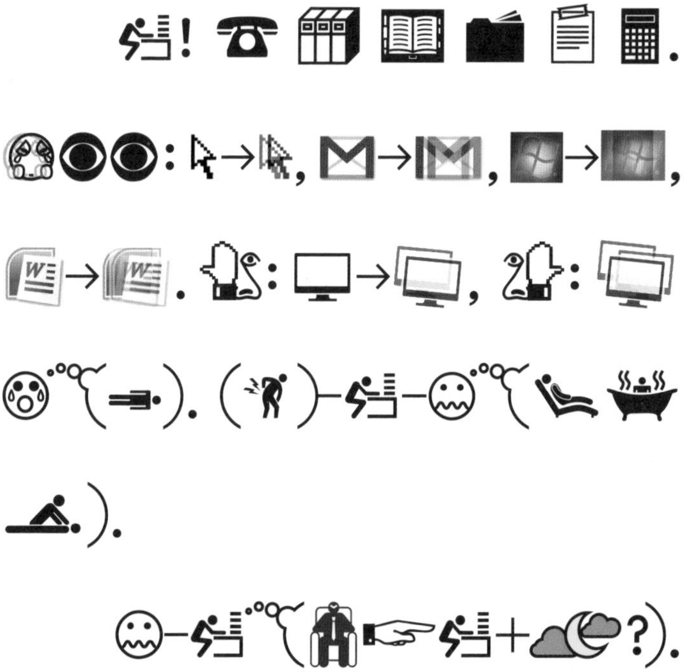

（🔀👍🏻）☝️°°🧑‍🦳⋯→🕐，🧑‍🦳：“👉🔀✔️，

👉🚶→⌂✔️。”

（😮→😄）–🧍°°°⌒🚶‍♀️→🍷）。

🚪→🏃↝🏃↴🏃→🛗↓🏃→

🏢→🏃→ニ，（🚇–👥👤👨°°°👤🚓，

ι：“👈📊📍→⌂。”

▶▶🚕⌂⬤，🚕→🏃→⌂．

"🌷×12"

(1♥+1♥=11🌷

(12🌷−1🌷=11🌷

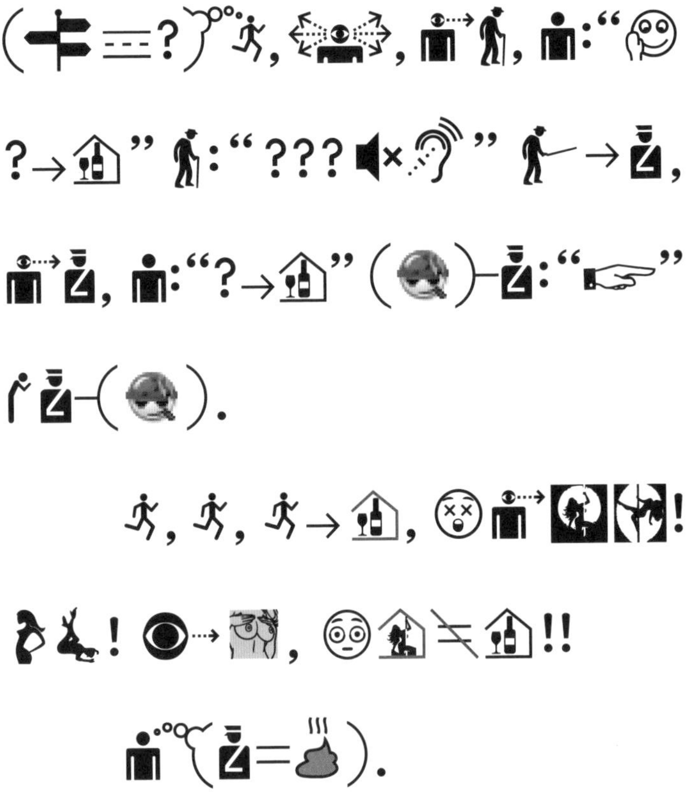

🏃 → 🏠 → 🚪 , 🖤))) 🖤))) 🖤))) 💨

👁️⋯ 🚹 → 👩 .

🧍 → 👩 : " 😃 , 💐 → 👩 . "

(🧍 ? 〜°°° 👩 = 😮 → 😐 → 🙂 . 🚻 → 🚶

👁️ ⋯ 🧍 💐 👩 , 🧍 —(😧 ?).

🧍 😡 : " 👉 🧍 ?! 🧍 💍 👩 ! 🧍 👩 ?! "

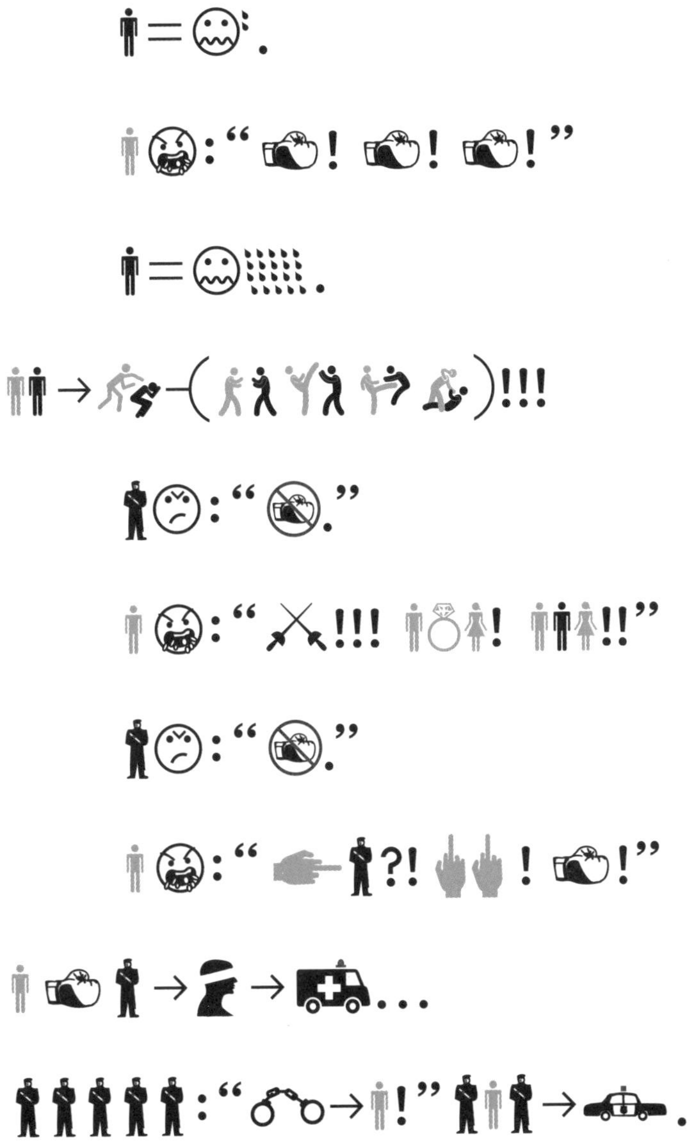

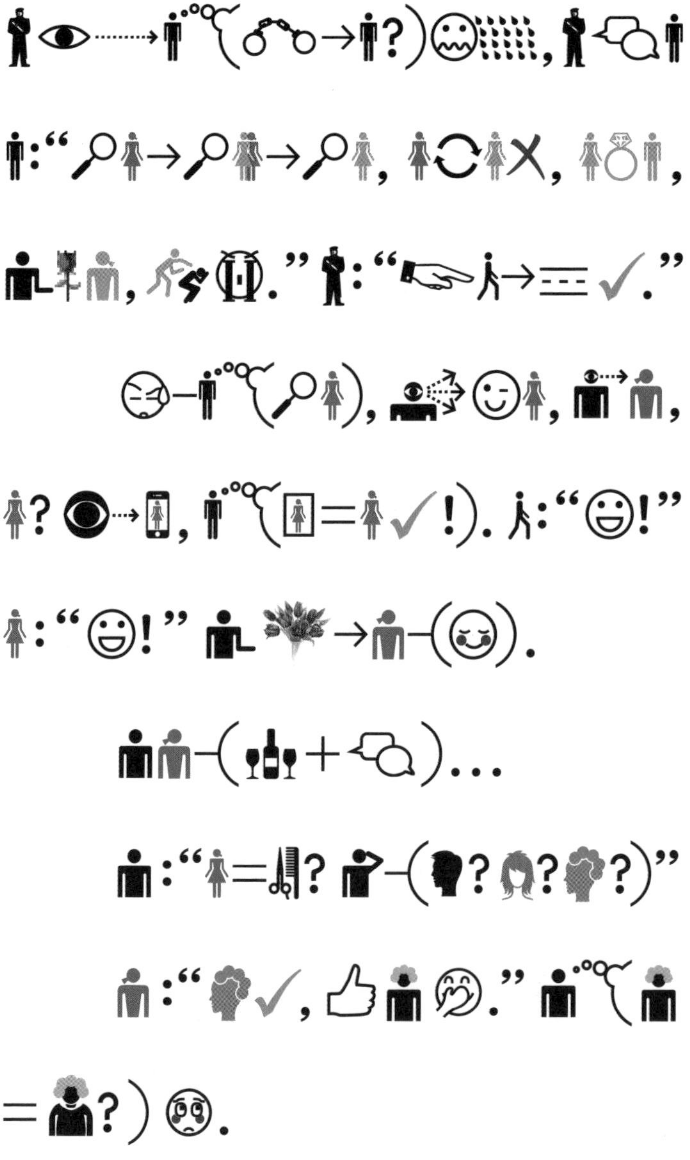

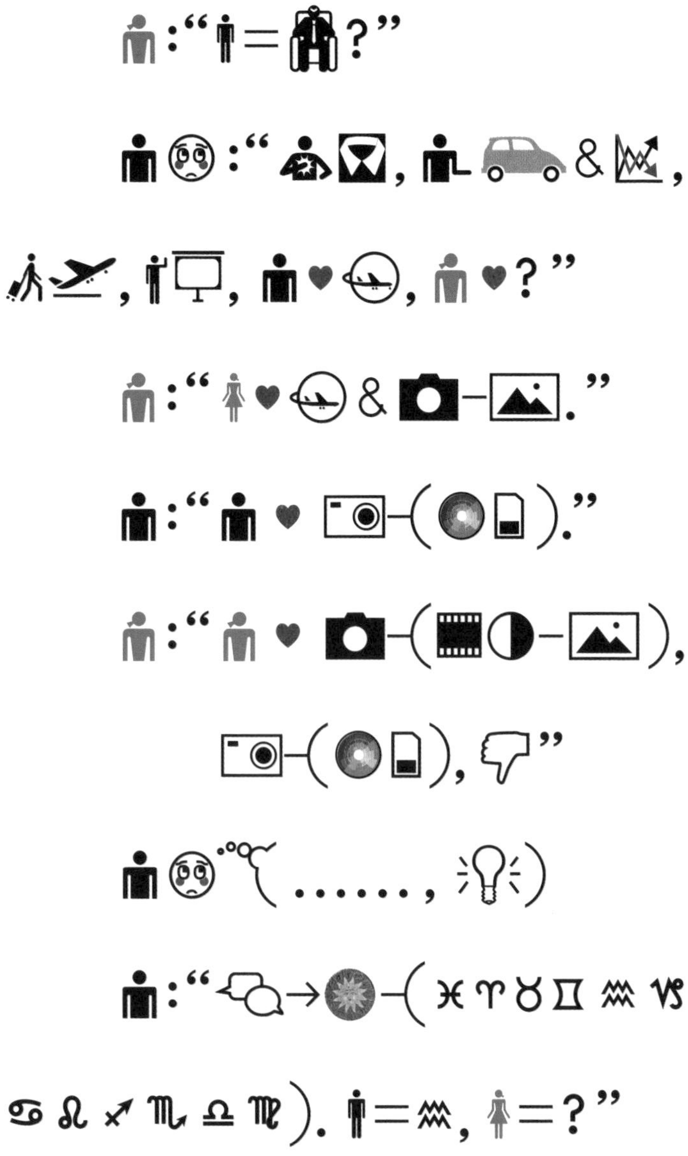

🧑:"👉🧑🧠↻🧠↻" 😊.

🧑:"♈?"

🧑:"✗" 😊.

🧑:"♋?"

🧑:"✗" 🫠.

🧑:"👉🧑♥🚲🏊...

    🚺☀=♏!? 😁."

🧑:"✓" 😊.

🧑:"🧑👁→✋−(🧑)."

🧑👁→🤝←👁🧑😈......

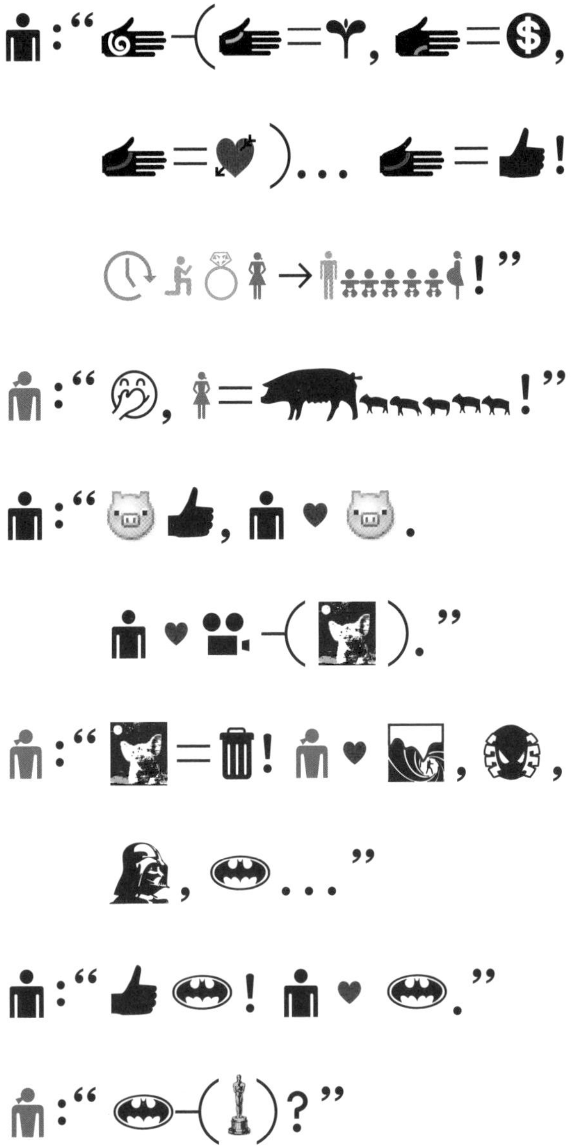

🧍:" ✗, 🎭—(🏆)!"

🧍:"🚶🚶 📹 🎞?"

🧍:" 👍 💡" 😁!

🏠→🚶🚶, (📺 ⤴°°° 🚶🚶...

(... 😏 ⤴°°° 🕴—◉⋯→🚶🚶...

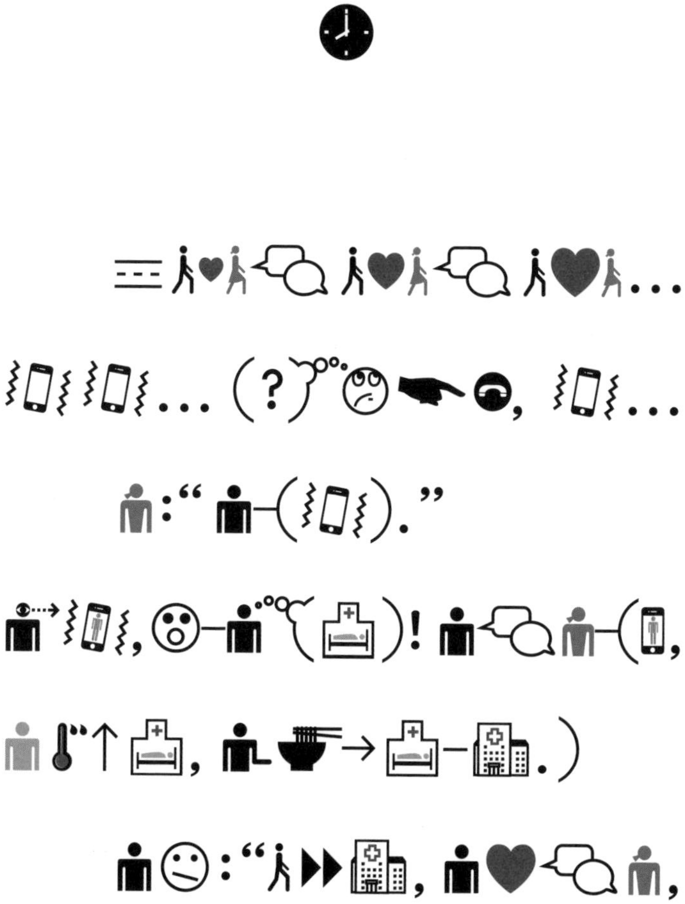

📱⤸💬📱✓?"

🧍:"❤💬→🧍, 📱→🧍! 😈"

😈🖐🖐🙂. 🚶←→🚶.

🧍👁→🕐! 🏃▶▶🏠, (●+◉)⤸°°ⁱ🕐

🕐. 🧑🍜→📦→¡, 🏃▶▶🚪→═══.

🏃→🏥, 🛏→🏥, 🏃┈🧑→

🏃→🔬┈🏃→🛏┈🏃→🫁┈🏃

⤸,◉┈🤕,(🕐🤕=👮)⤸°°🏃┈🤰→

🏃→🏥, 🏃→🚪🧑🛏, 😷.

◉→⚰-(😰)...

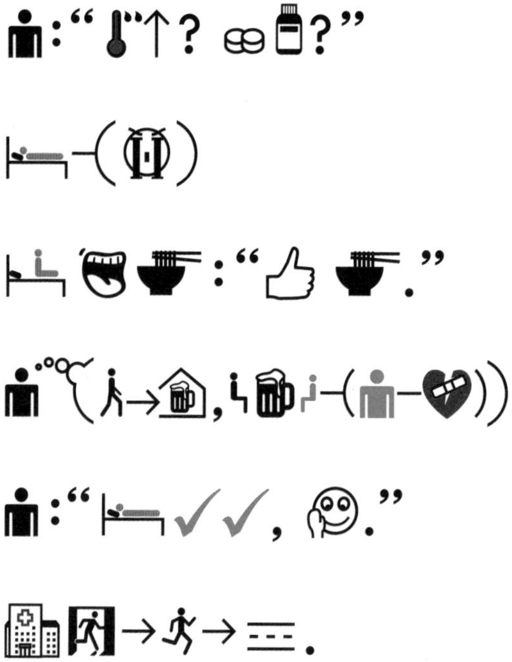

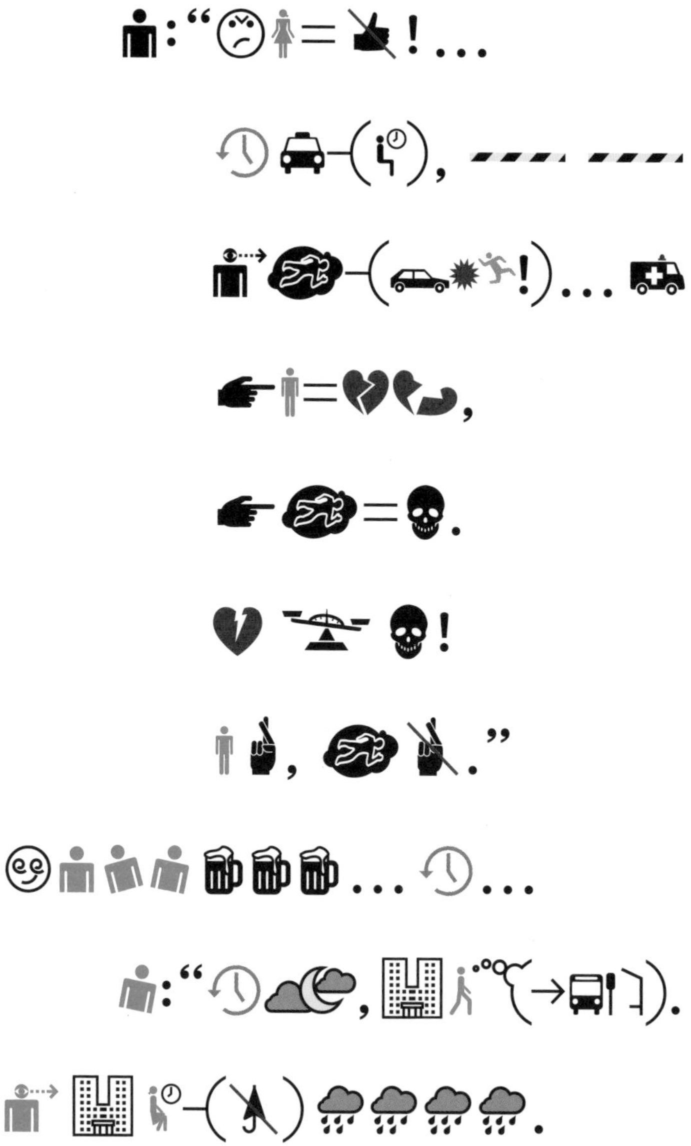

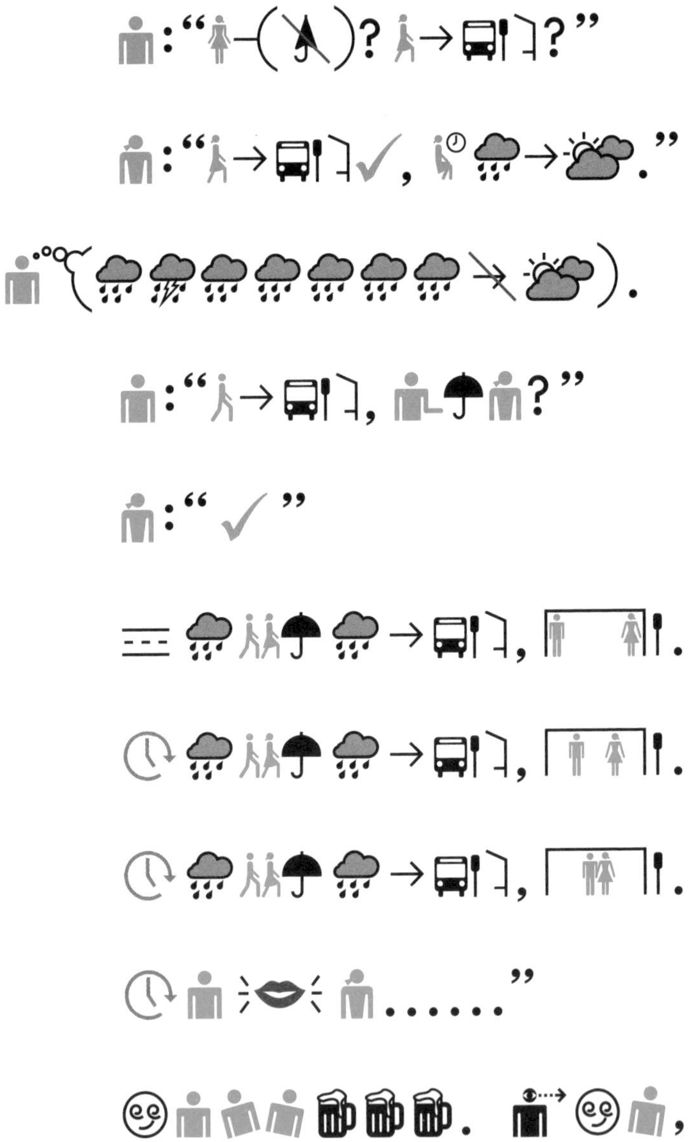

🚹😖ᵒᵒᵒ⌒(🕐↻ ⟍•🚶→🏠? 🌍⁝⁞?).

🍺🍺🍺......

👥👥👤: "🕐—(👤 ⟶👄⟵ 👤),
🌧️⟵👤🌧️👤♥️👤🌧️). 🕐... ⛈️👤👹👧
& 👤💍—(💎) 👤💓))...

👤—(👤♥️👤≠👰, 👤❤️→👤.)
👤=💔💘..." 🏮.

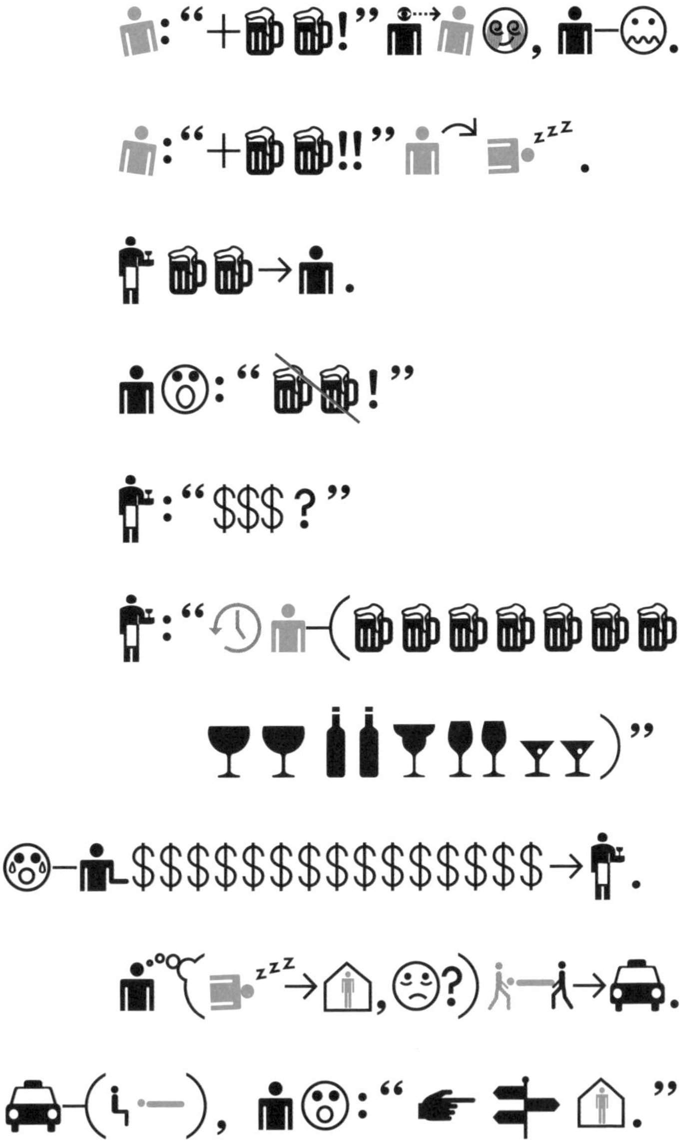

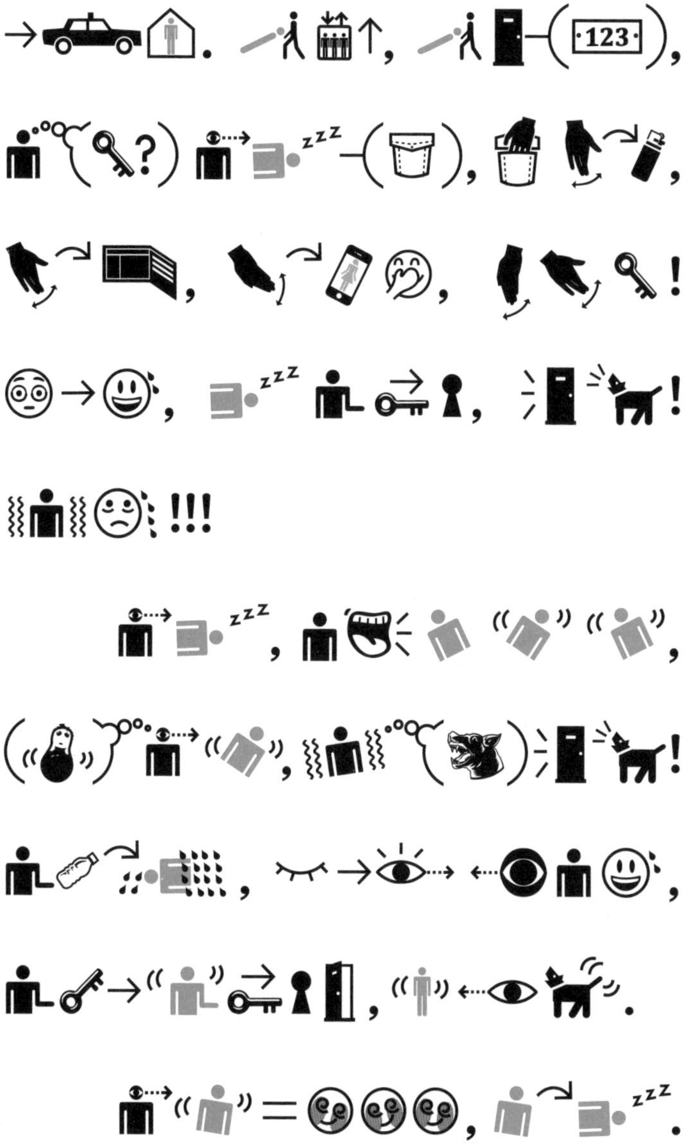
123

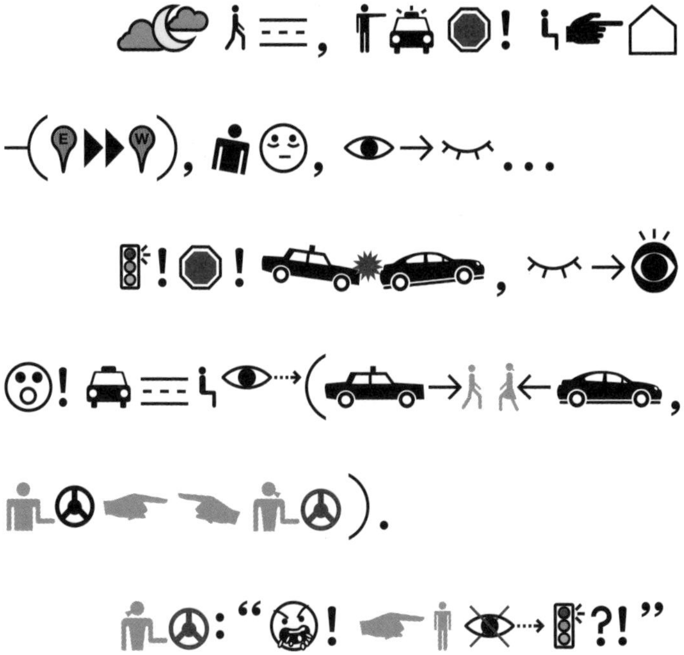

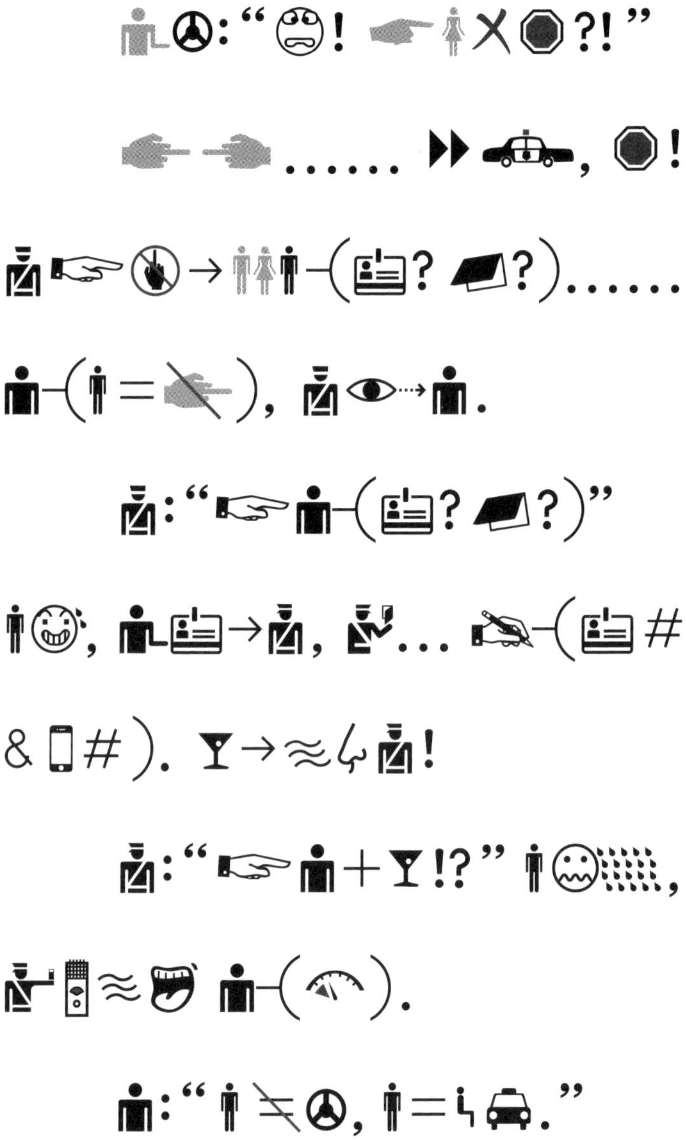

🛂: " ☞ 🚶 → ⚏ ✓. "

🛂: " ☞ 🧍 ⊖ ─(🪪? ◣?)"

• • • • • •

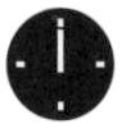

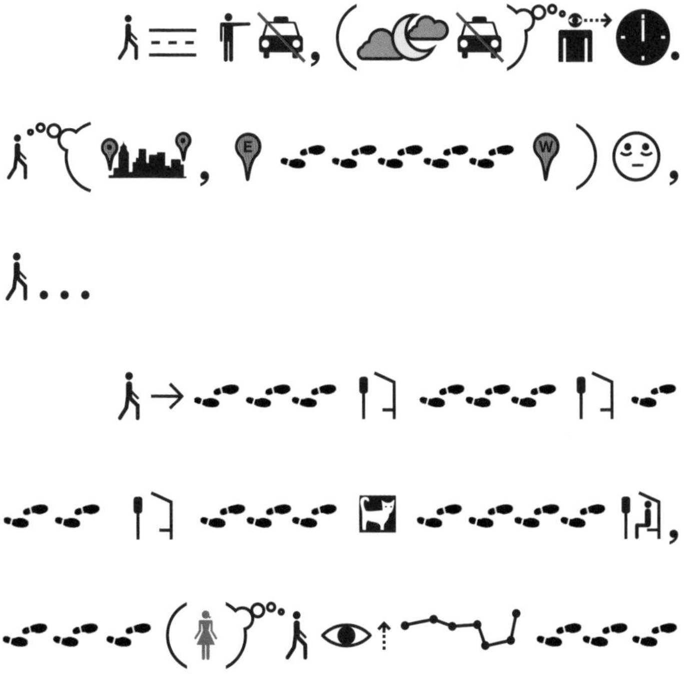

•‿•‿•‿•‿•‿•‿•‿•‿•‿ 🚶 → ⌂ .

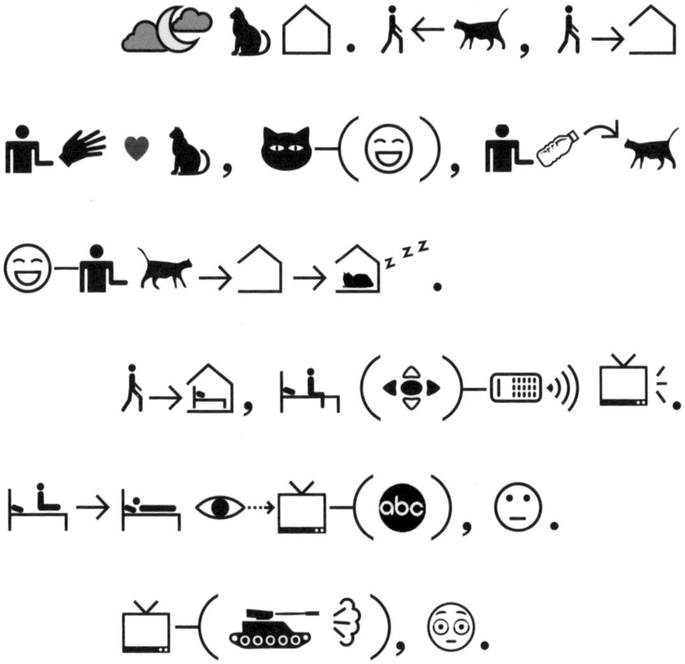

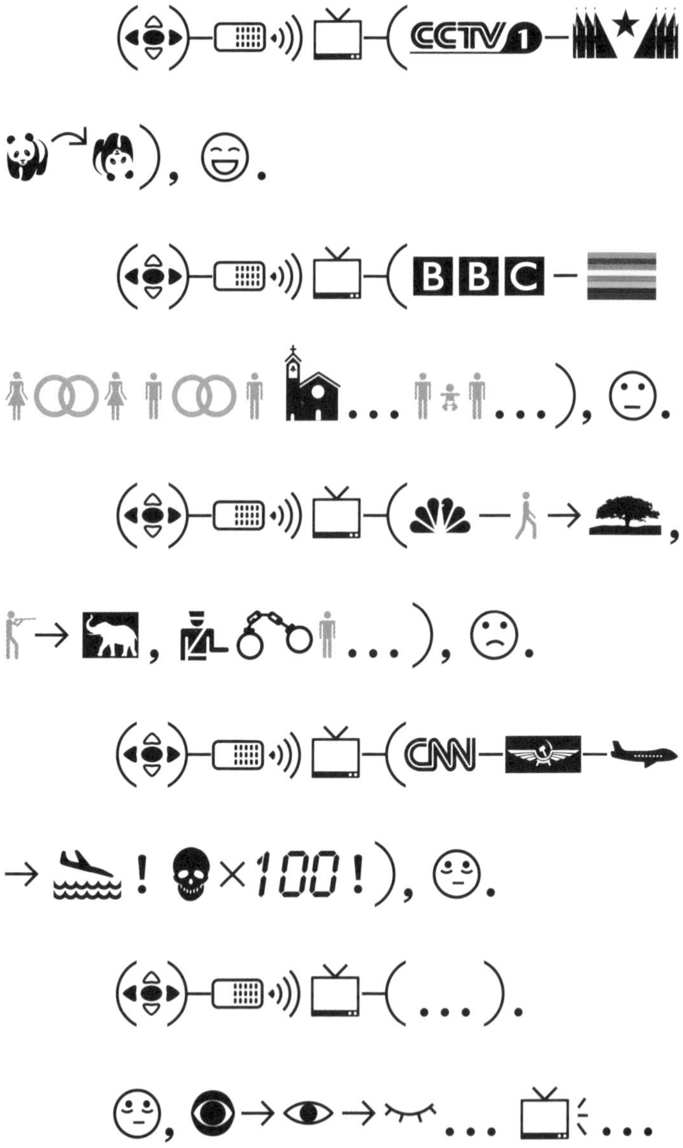
CCTV 1
BBC
CNN
×100!

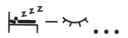

🕐

🦟)))))) 👂, 👁‍🗨 → 👁, 〰😐〰,

🙏🦟🙏‹◦⋯, 🗲◂◂◂ 🦟 ◦⋯,

🙁, 🛏 → 🚶 → 🏠—(👤 — 👖 — 🧦 — 🍶

— ▌, + 👔)...

(⏻)—📱)) 📺 → 📺, 💡 → 🛋,

🛏, 👁 → 👁‍🗨.

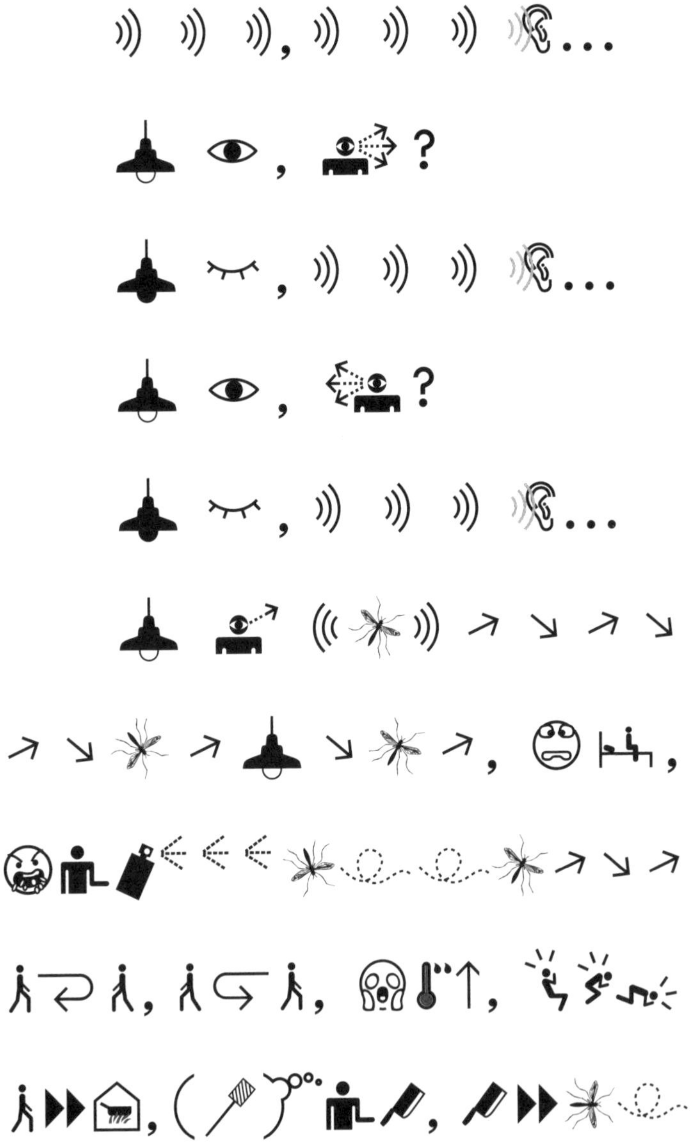

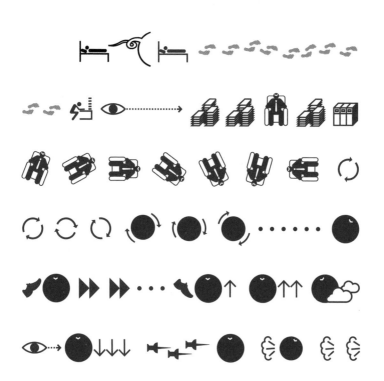

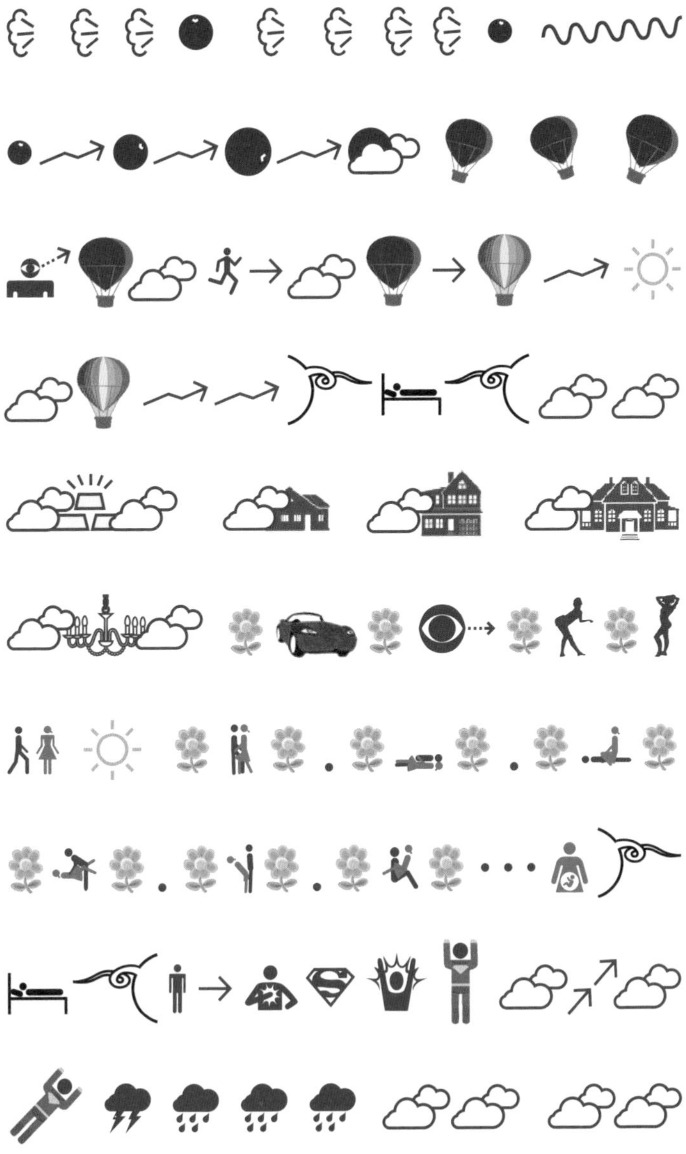

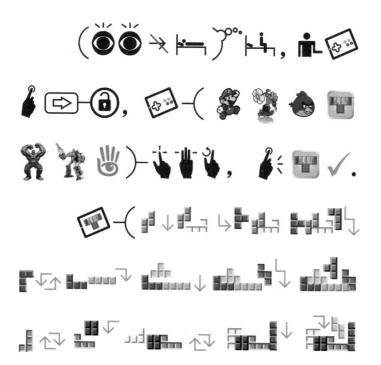

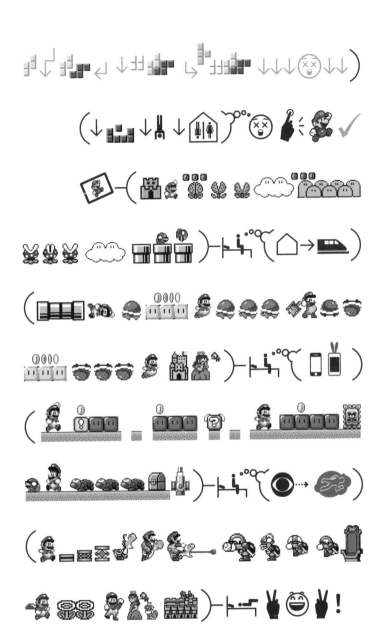

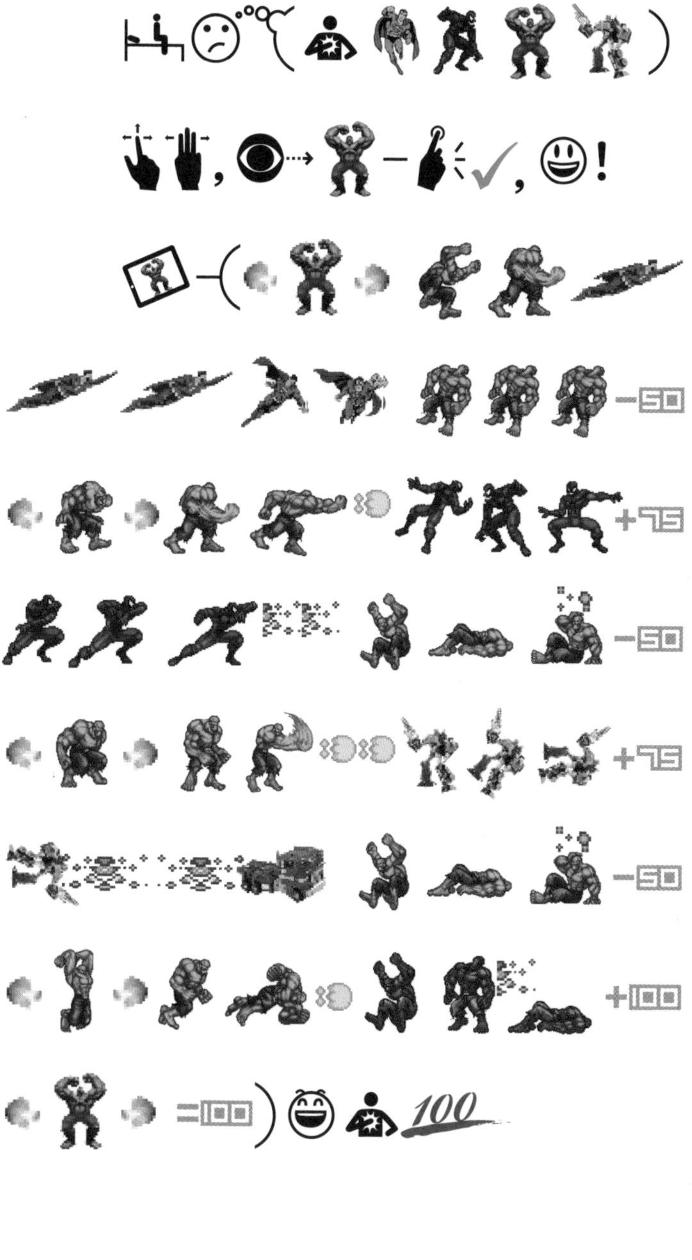
-50
+75
-50
+75
-50
+100
=100
100

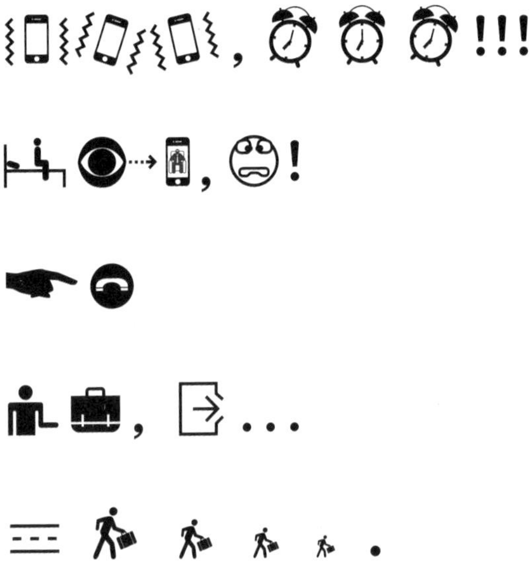